うみのたみのはなし

作 あべみちこ
絵 マリア

東の海と西の海、その間の大地を有する、広大で強く、
とても豊かな王国がありました。
港は交易船であふれ、外国からもたらされる品々で
市場はうめつくされていました。
にぎやかで、活気にあふれていました。

その国の西の海辺に住む若い男女がいました。
男の名はヌーク、女の名はイリアです。
2人は幼い頃より共に育ち、
とても自然な流れで結婚の約束をしました。
ヌークは結婚の申し込みの証である
花の冠をイリアへ贈りました。
2人は幸せでした。
そしてこの幸せはいつまでもつづく、
そう思っていました。
時を同じく、この王国では新しい王が即位しました。
ルビアンという名の女王です。
ルビアンは美しく、聡明です。
王としての資質を持っていました。

女王の即位のあとに、
長老たちによる会議が行われました。
女王の夫となるものを選定する内容です。
そこで若くてたくましく、
知性豊かなヌークが夫と決まりました。
会議での決定は実権を握っていました。
女王はそれに従います。
この国の者たちは、女王ではなく
長老たちに従わなければならないのでした。

王宮へ呼び出されたヌークは、
女王との結婚を命令されました。
しかしヌークはその命令をすぐに断りました。
それはそうです、
ヌークには結婚の約束をしたイリアがいます。
このときヌークは事の大きさを
まだ知りませんでした。
ほどなくして、王宮へまた別の人が
連れてこられました。

連れてこられたのは、イリアでした。
拷問を受け、全身が血だらけになっていました。
手に錠をかけられたイリアを
臣下たちはヌークの目の前に投げとばしました。
長老の1人が女王に目くばせしました。
すると女王は立ち上がり、こう言いました。
「この娘が死んでもよいのか」
それでもヌークは結婚を断りました。
女王は「ならばこうしよう 娘の右の目をえぐり出せ」

一瞬の事でした。
イリアの右目はえぐり取られました。

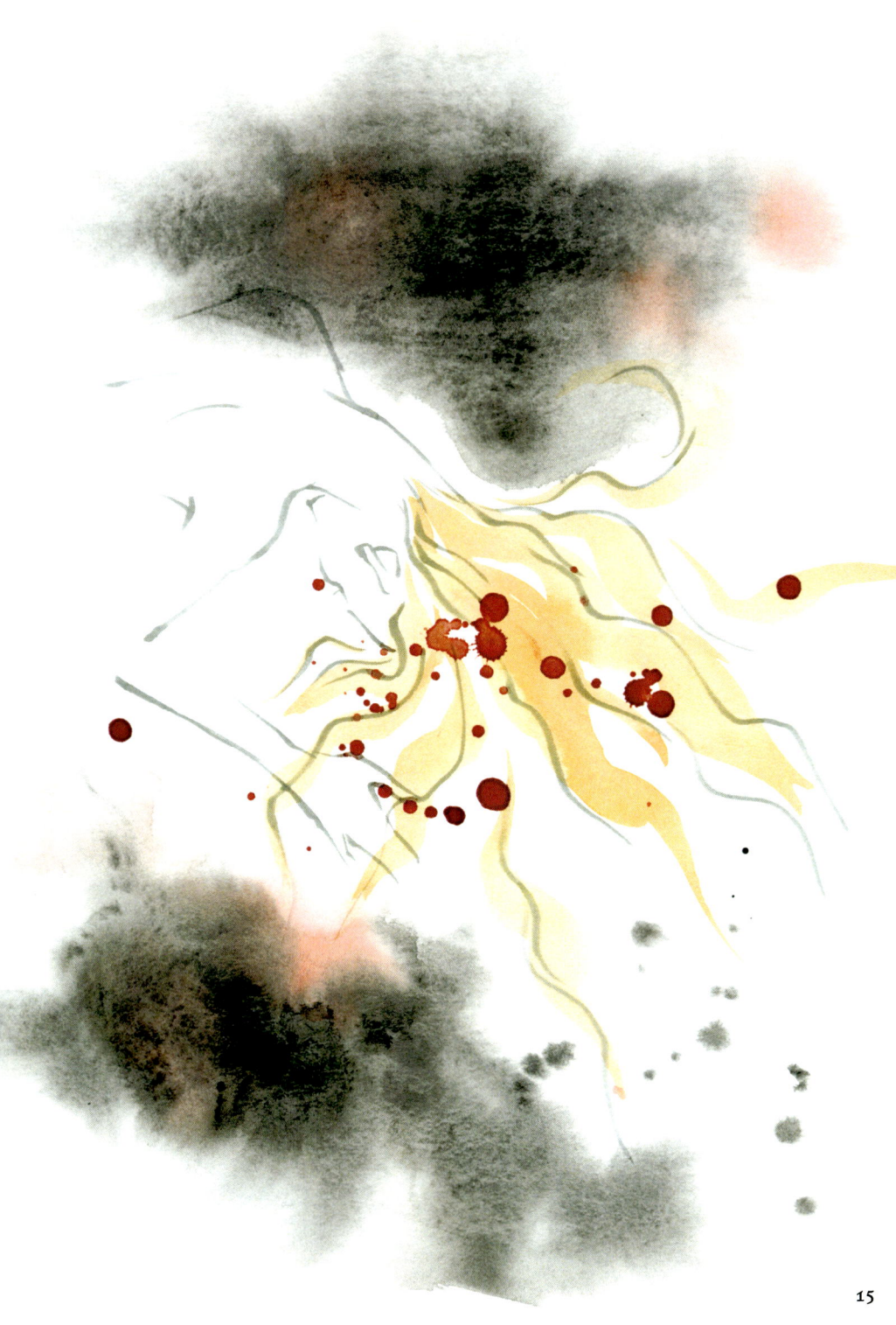

イリアのさけび声がひびき渡りました。
たまらずヌークは女王との結婚を受け入れました。
そして懇願しました。
「どうかイリアをこれ以上傷つけないで下さい
どうかどうか命までは取らないで下さい」
女王は「命は助けてやろう」とだけ言い残し、
去っていきました。

ヌークとイリアはこの混沌の中で、
これまでの幸せはすべて失い、
もう会うことはできないと悟りました。
様々な思いが胸の中をしめつけます。
この無力、無知、それを憎いと思いました。
大切な人を守ることさえできないという
苦しみを知ったのです。

女王は臣下たちへイリアの傷の手当てをし、
家へ帰すよう指示しました。
しかし長老はそれに異を唱えました。
長老たちの指図で
イリアは王都から遠くはなれた谷へ捨てられました。
重症の娘が自力では
とてももどることのできない所です。
夜ともなれば野の獣たちが
血のにおいをかぎつけて襲ってきます。
イリアは谷底に体を投げ出され、
動くこともできず死を待つだけとなりました。
イリアの左の目には、月の光だけが写っていました。

そんなイリアのもとへ、
人の足音が近づいてきました。
イリアをかかえて、谷をのぼっているようです。
もうろうとする意識の中で
イリアは希望を持ちました。
「きっとヌークだ ヌークが助けにきてくれたんだ」
それからイリアは長い時間を眠っていました。
目がさめるとこれまでのことは、
きっと夢だったんだ、きっとそうだ、
と思うのもつかの間、現実へひきもどされました。
右の目はやはり失われて、体中に痛みが走ります。
「夢ではなかった なぜこんなことに
なぜこんなひどいことをするのだ」
イリアは叫び、泣きました。

イリアを谷底から救い出したのは、
女王の臣下のアルドでした。
イリアをあまりにも不憫と思い、
誰にも知られぬように助けたのでした。
森の中に小さな家をアルドは所有していたので
イリアをそこでかくまうことにしました。
アルドは女王に仕えながら、
イリアの身のまわりの世話をしました。
やがてイリアの体の傷は癒えました。
しかし、心の傷はひどくなるばかりでした。

ある日、イリアはめずらしく、
アルドに話しかけました。
「なぜ私を助けたのですか
生きる意味も価値さえ失くしたこのような私を
こうして生きながらえてもみじめになるばかり
この苦しみはどうすればとりのぞけるのですか」
アルドは少しだけ大きな声で言いました。
「価値がないなどと言わないで下さい」
アルドは悲しげに目を伏せました。

それから長い年月がすぎてゆきました。
女王が死にました。
死の直前、アルドは女王へ
イリアのことを話しました。
すると女王はとても安堵した表情で
「あの娘は生きていたか そうか それはよかった
私が死んだのち このことをヌークへ伝えておくれ
ああ 生きていたか アルド ありがとう」
女王はアルドにほほえみました。
アルドもまたほほえみました。

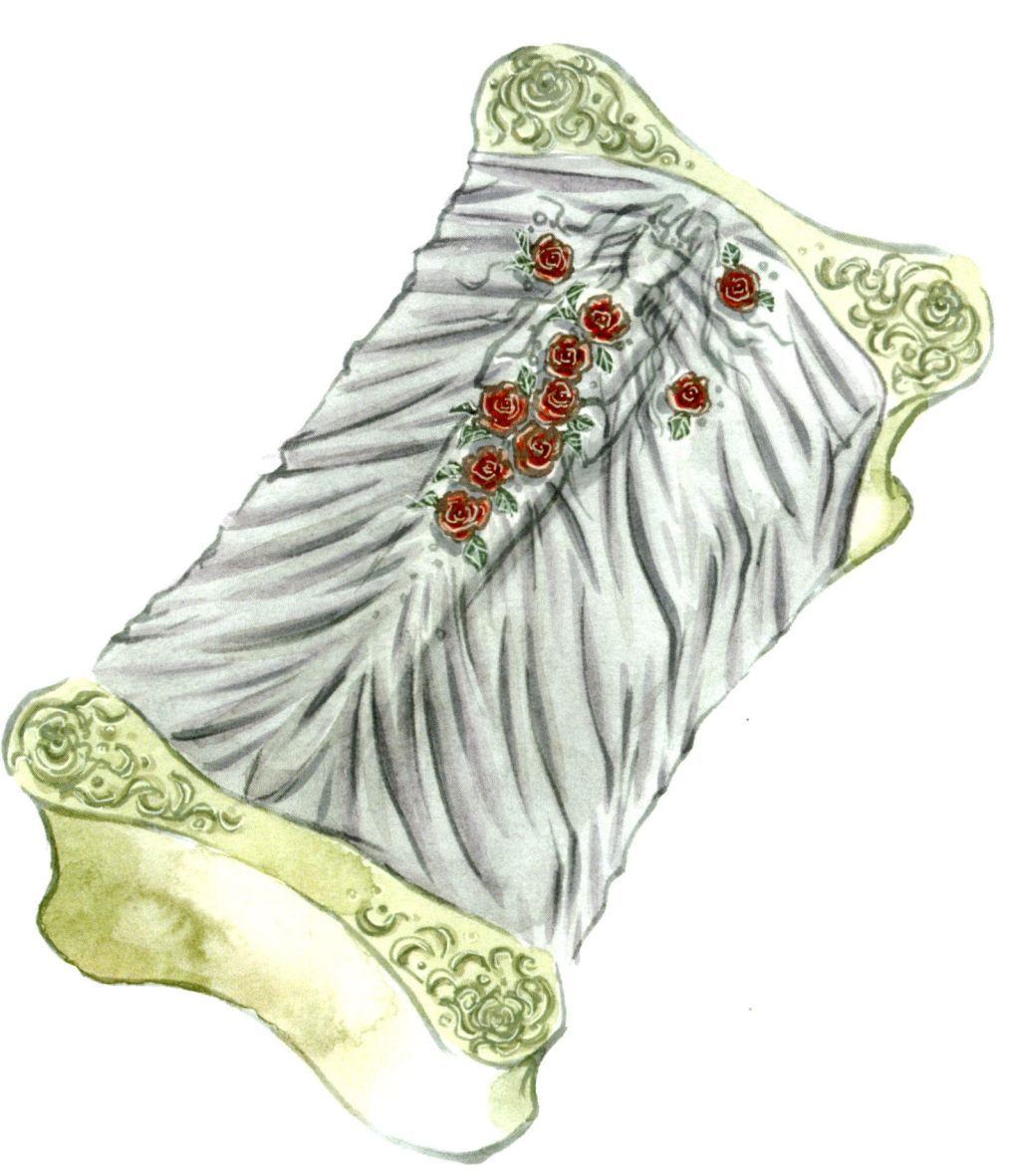

100日間の喪が明け、息子を王に即位させたのち、
ヌークは王家を離れました。
ルビアンがそうするようにしていました。
あの時の長老たちは、ルビアンが失脚させ、
後継の者たちも国外へ追放していました。
名実ともにルビアンが王となっていたのでした。

ヌークはイリアのもとへ走りました。
道々に咲く花をつみ、冠をつくり、
そしてまた走りました。
イリアのもとへと走りました。

高なる胸に手をあてながら、
ヌークはイリアのもとへたどりつきました。
イリアにとてもなつかしい声がきこえました。
「イリア 生きていてくれたのか
ああ イリア 私がわかりますか」
イリアはとてもおどろきました。
「ヌーク ヌークなのね」

「イリア きみは今も美しい
長くまたせてしまったけれど 結婚して下さい」
イリアは喜びました。
このような日がまさか来るとは
思ってもいませんでした。
しかし、喜びと同時に、憎しみがわいてきました。
イリアは喜びではなく憎しみのほうを声にしました。

37

「なんてひどいことを言う
こんな老いぼれてみすぼらしい私を美しいなどと
あの日から私は価値など無く
ただ生きているだけだったのに」
このときヌークは、
イリアの深い悲しみを肌で感じ、涙を流しました。

39

その後2人は共にすごしました。
交す言葉は少なく、静かに時は流れてゆきました。
老いた2人です。
死までの時はあまり残っていませんでした。
ヌークは毎日、イリアに花を贈りました。
色とりどりの花の贈りものが、
イリアの心を軽くしていきました。

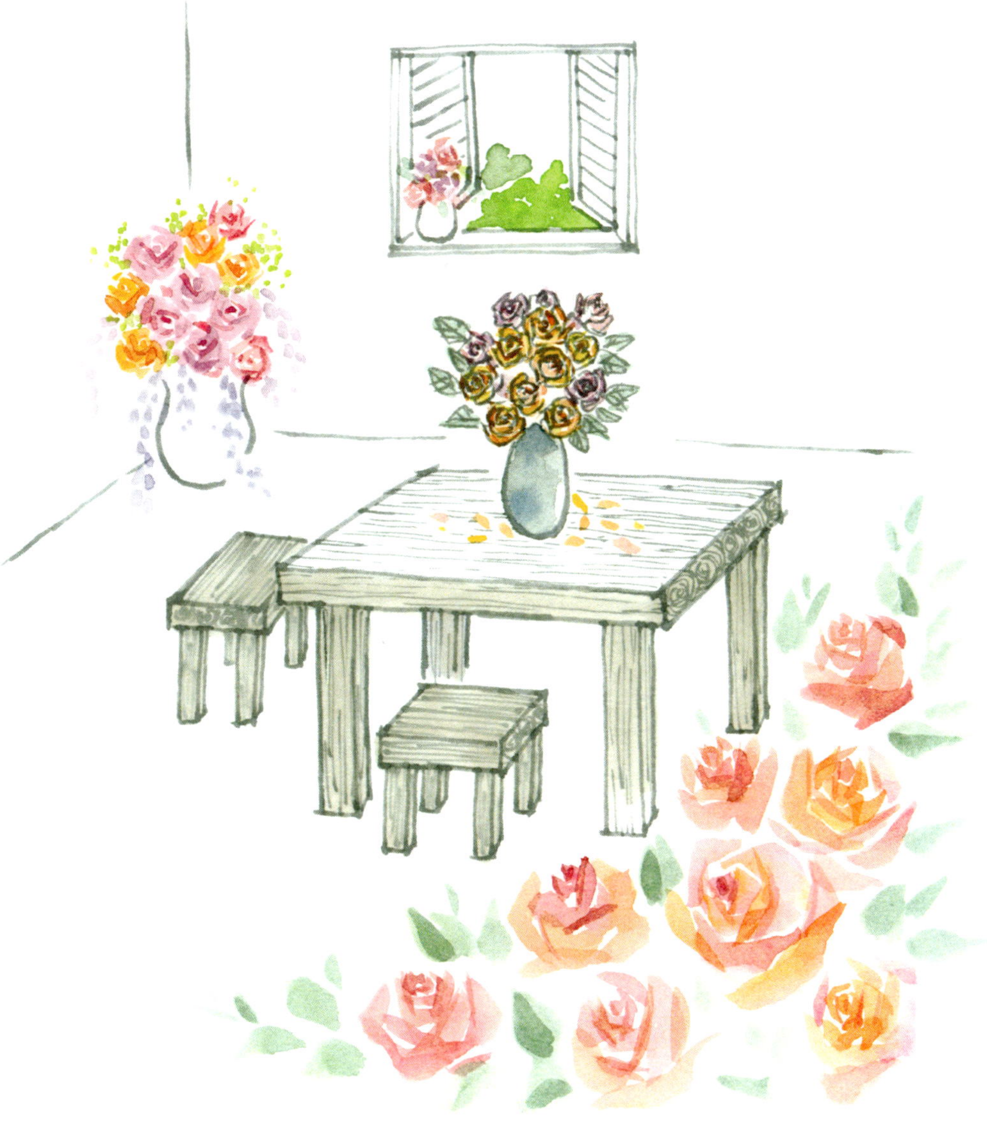

死の時は、イリアへ先におとずれました。
イリアのおだやかな顔に、朝日がさしこみました。

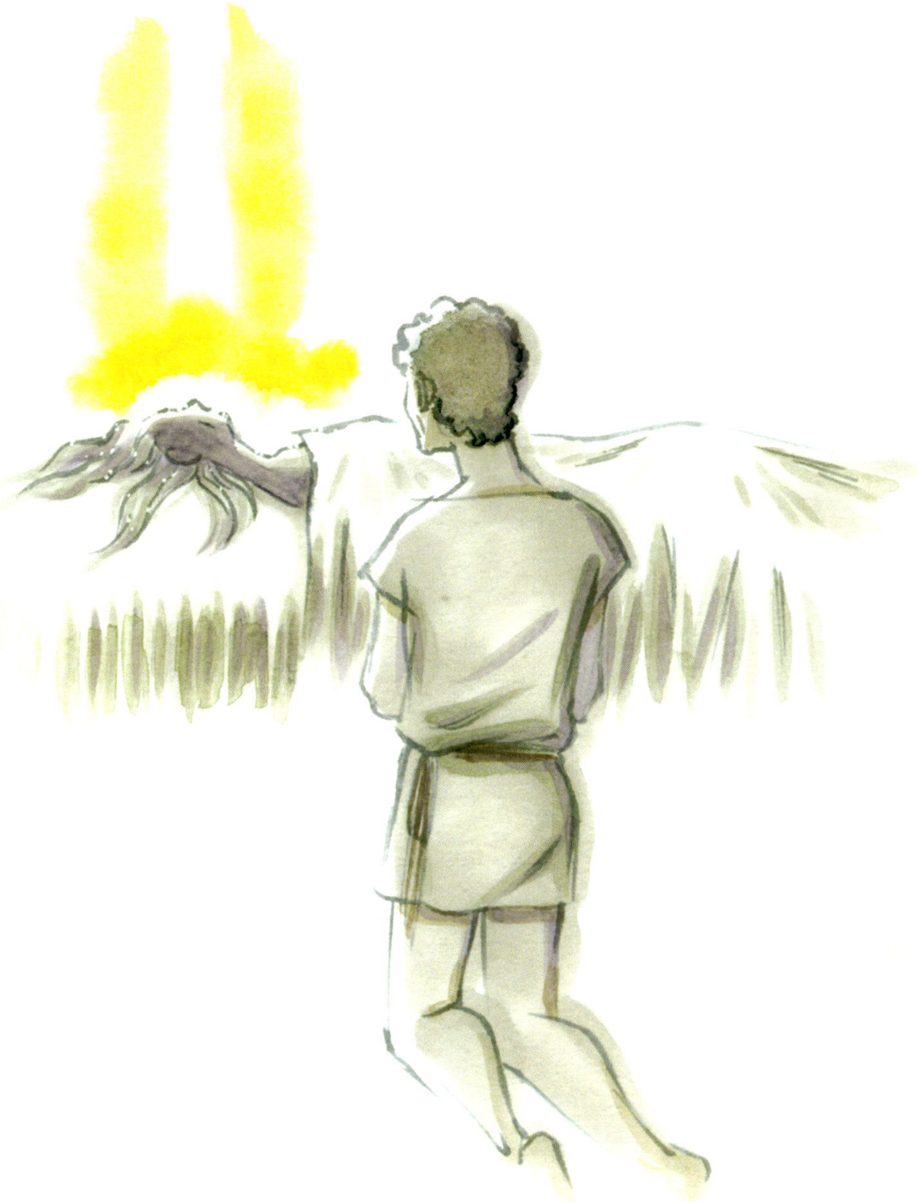

イリアの墓には毎日花がたむけられました。
ヌークは死のその日まで
花をたむけつづけたのでした。

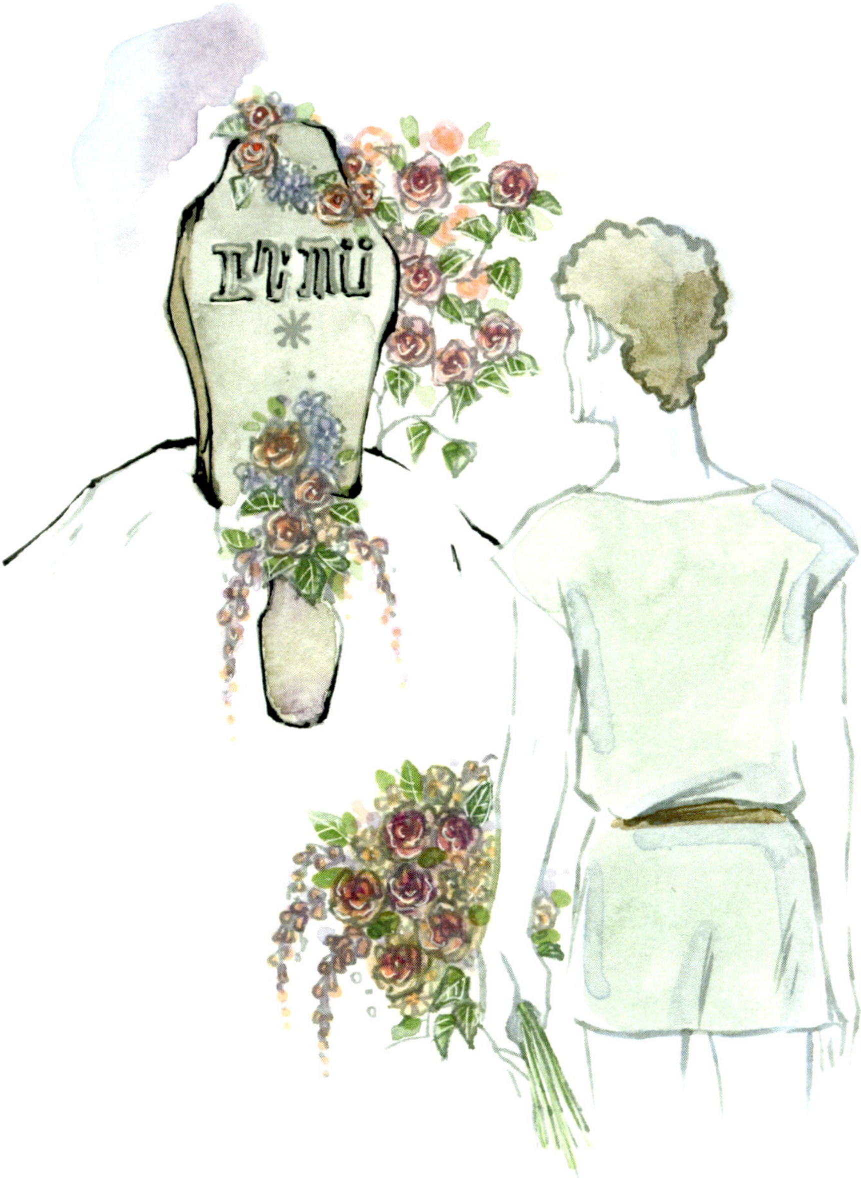

〜むかしむかしのはなし
　うみのたみのはなし

　さあ

　夜は　あけた
　太陽が　のぼる

　このみちを　生きてゆこう〜

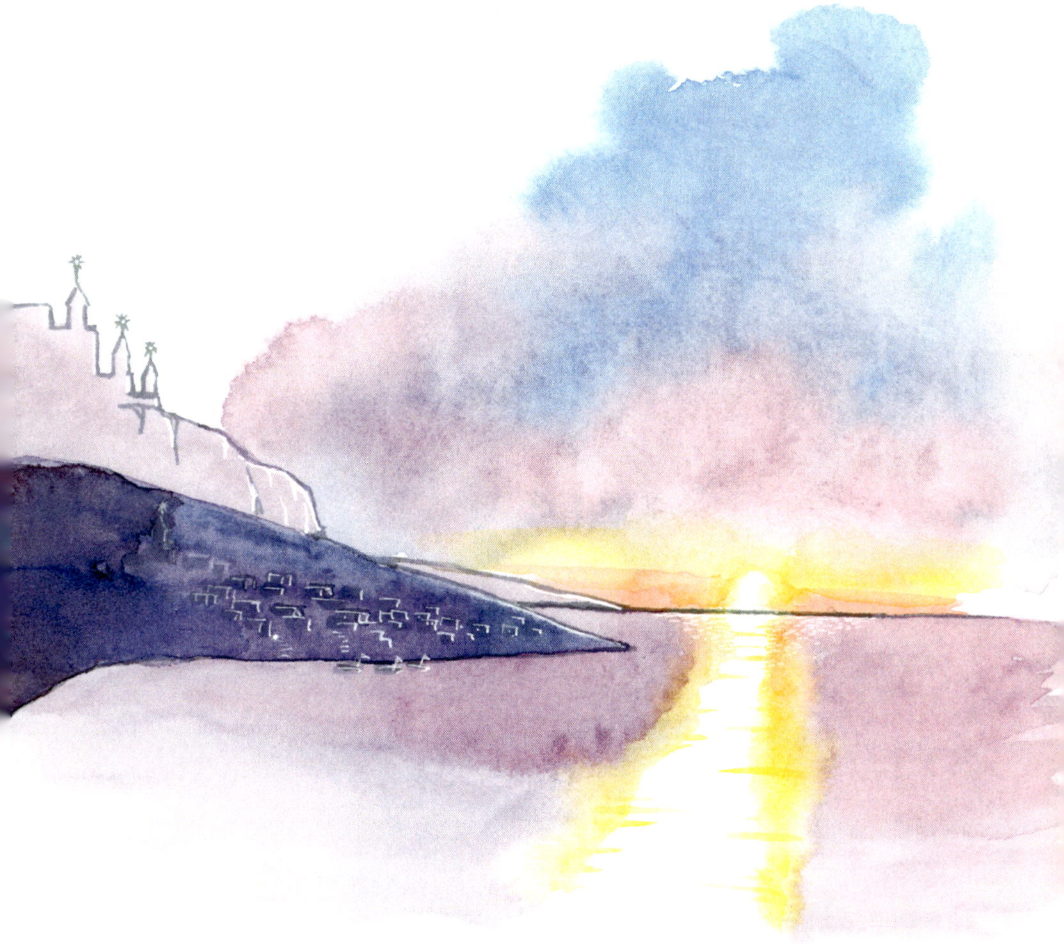

Life is beautiful...

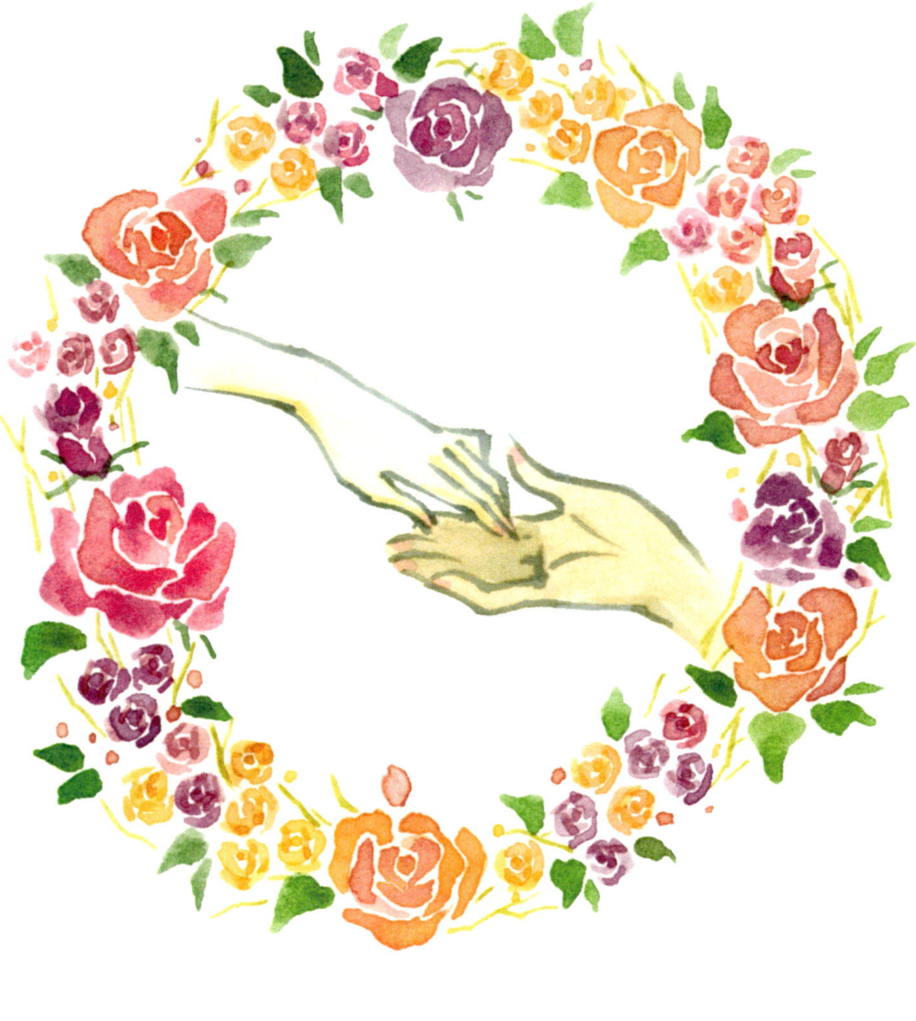

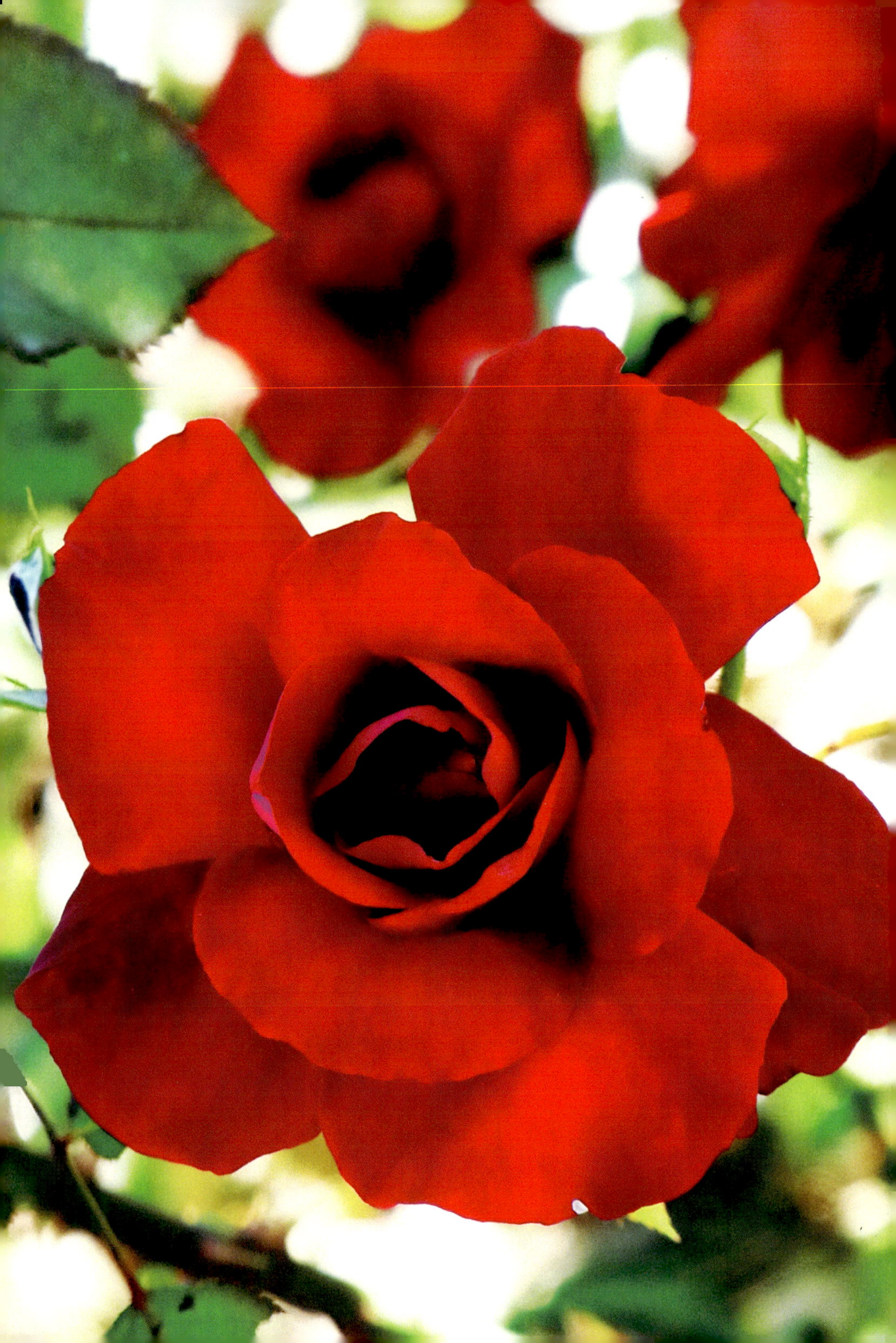

うみのたみのはなし

2015年12月25日　初版第一刷発行

作　あべみちこ
絵　マリア

発行者　熊谷正司
発行所　くまがい書房
印　刷　株式会社くまがい印刷
　　　　〒010-0001
　　　　秋田市中通六丁目4-21

乱丁・落丁本はお取り替え致します。
ISBN978-4-9907035-8-5